Rebec

SİYAH KUTUDAKİ ÇOCUK

Türkçesi: R. Sevgi Demir
Resimleyen: Tim Archbold

The Boy in the Big Black Box, Rebecca Lisle
ISBN 978-605-5765-63-7
© Pupa Yayınları Ltd. Şti., 2010
Bu kitabın yayın hakları Kalem Ajans aracılığıyla alınmıştır.
Tüm hakları saklıdır. Tanıtım için yapılacak kısa alıntılar dışında
yayıncının yazılı izni olmadan hiçbir yolla çoğaltılamaz.

1. basım: Ekim 2010

Kapak Resmi: Tim Archbold
Baskı ve Cilt: Özal Matbaası

PUPA YAYINLARI
YAYIN, DAĞITIM, SANAYİ VE TİCARET. LTD. ŞTİ.
Cemal Nadir Sk. Gürtunca Han, No. 9 D. 5 Cağaloğlu, İstanbul
Tel: (212) 511 90 99 Faks: (212) 511 87 58
www.pupayayinlari.com
pupa@pupayayinlari.com

Rebecca Lisle

SİYAH KUTUDAKİ ÇOCUK

Türkçesi: R. Sevgi Demir
Resimleyen: Tim Archbold

REBECCA LISSE'IN
PUPA YAYINLARI'NDAKİ
KİTAPLARI

Pırlanta Tasmalı Köpek
Siyah Kutudaki Çocuk
Çarpık Bacaklı Cüce

Rebecca Lisse, Leeds'de doğdu. Newcastle Üniversitesi'nde Bo-
tanik okuduktan sonra öğretmen olarak çalıştı. Çeşitli okullarda
part-time öğretmenlik yaparken kısa hikâyeler ve romanlar yaz-
dı. Evli ve üç oğlu var. Rebecca Lisle, Bristol'de gayri resmi bir
yazı grubunun bir üyesi.

İçindekiler

1

Sihir Gösterisi

Gösteri başladı. Perdeler açıldı.

Sahne boş görünüyordu, fakat çok geçmeden mavi bir spot yapmacık bir atı gözler önüne sererek ışık saçmaya başladı. Atın bıyıkları vardı ve silindir bir şapka

takıyordu. Seyirciler güldü. Müzik başladı ve at küçük bir dans gösterisi yaptı.

Müzik durdu. At yukarı baktı. Hemen hemen buzdolabı büyüklüğünde siyah bir kutu, neredeyse görünmez iplerle aşağıya doğru yavaşça süzüldü. Sahnenin tam ortasına kondu.

"Oooo!" dedi Joe, Laurie ve Theo.

"Aaaa!" dedi seyircilerin geri kalanı.

At, kutunun üzerine çıktı ve kutuyu kokladı. Üzerine işeyecekmiş gibi bir ayağını, köpeklerin yaptığı gibi havaya kaldırdı. Ardından kutunun arkasına doğru yürüdü ve kayboldu!

Seyirciler kahkaha atıp alkışladılar.

Ivor Trick'in koyu renk gözleri ve uzun siyah bir bıyığı vardı. Pelerinini şöyle bir savurdu ve çenesini sıvazladı. Doğruca, koltuklarında oturan üç erkek kardeşe baktı.

"Eeem..." dedi Theo. Büyük abisinin elini sıkıca tuttu.

Şimdi yalnızca tek bir spot siyah kutuyu aydınlatıyordu. Ivor Trick kutuyu işaret etti. "Bu, Her Şeyi Kaybeden Kutu'dur," dedi. "Ve içine girecek bir gönüllüye ihtiyacım var! Her Şeyi Kaybeden Kutu'ma girebilecek ve KAYBOLACAK cesur bir gönüllüye!"

Laurie'nin eli havadaydı. Üç kardeşin en büyüğü olan Joe, tutup onu indirdi.

"Ah, şurada uygun **bir genç** adam görüyorum!" dedi Ivor Trick.

Üç kardeşi işaret **ediyormuş** gibi görünüyordu, fakat aslında onların **arkasındaki** büyük kulaklı küçük çocuğu kastediyordu. **Küçük çocuk** sahneye çıktı ve herkes onu alkışladı.

"Bu, yeğenim Wee **Willie,**" **dedi** sihirbaz. "Kutunun içine girecek. Wee Willie **kaybolacak,** evrenin bir parçası haline gelecek, bir **toz parçacığından** fazlası olmayacak... Ardından, onu **sihirle** eski haline, normale döndüreceğim."

Wee Willie sırıttı. "**Harika!**" dedi.

Sihirbaz kutunun **kapısını açtı,** Wee Willie de

içine girdi. Kapı kapatıldı. Ivor Trick, sihirli değneğini salladı.

"Evrenin içine!" diye bağırdı. Kutunun kapısını tekrar açtı. Kutu boştu. Seyirciler nefeslerini tuttu. Ivor Trick, kutunun içindeki duvarlara sağlam olduklarını kanıtlamak için değneğiyle vurdu. Her Şeyi Kaybeden Kutu'nun etrafında döndü de, döndü. Başka bir kapı, bir çıkış yoktu ve çocuk kaybolmuştu. Ivor Trick kutunun kapısını kapattı.

"Bu gerçekten de sihirdi, değil mi?" dedi Theo.

"Ben de kaybolmayı isterdim," dedi Laurie.

"Ben de senin kaybolmanı isterdim," dedi Joe.

Seyirciler artık Wee Willie'nin geri dönmesi için tezahürat yapıyorlardı. Yavaş tempoda bir alkış tutturdular. "Wee Willie, gelsin! Wee Willie, gelsin!"

"Gördünüz mü, herkes birilerini kaybedebilir," dedi Joe. "Asıl zor olan, onları geri getirmek."

Ivor Trick sihirli bir şeyler fısıldadı, değneğiyle kutuya hafifçe vurdu ve kutunun kapısını gösterişli bir hareketle açtı. "WEE WILLIE!" diye haykırdı.

Kutu boştu. Yani, hemen hemen boştu. Yerde Wee Willie'nin kıyafetlerinden birkaçı duruyordu.

Ivor Trick, kutunun kapısını sertçe çarparak yeniden kapadı. Sihirli sözcüklerini tekrarladı. Kapıyı tekrar açtı. Her Şeyi Kaybeden Kutu hâlâ boştu, fakat bu sefer Wee Willie'nin çok çok uzaklardaymışçasına "YARDIM EDİN! İMDAT!" diye belli belirsiz bağırdığını duydular.

Seyirciler telaşlanmaya ve aralarında fısıldaşmaya başladılar.

"O çocuk nereye gitti?" diye sordu Theo.

"Bilmiyorum," dedi Joe.

"Kayboldu," dedi Laurie.

Ivor Trick kutunun etrafında bağırarak gezindi. Kutuya bir yumruk attı. Pelerinini savurdu. Silindir şapkasını yere fırlattı.

"Bu bir SABOTAJ!" diye bağırdı. "Bunu bana yapan Daphne Davorski'dir! Onun kutusu bu. Beni kandırdı! Hepiniz dinleyin, bunu bana yapanın Daphne Davorski olduğunu bilmenizi istiyorum! O..."

Perdeler kapanırken Ivor Trick sahnenin önüne çıkabilmek için kendisine bir yol açtı. "Daphne Davorski kiraladı bana bu kutuyu! Beni kandırdı! Beni mahvetmek istiyor!"

Daphne Davorski, üç kardeşin izlemeye geldiği diğer bir sihirbazdı. Şimdiyse, her zamanki gibi bir cadı olarak sahneye çıkmıştı.

"Ben masumum! Hiçbir şey yapmadım!" diye haykırdı.

Ivor Trick değneğiyle Daphne Davorski'nin sivri uçlu şapkasını yere düşürdü. "Yalancı!"

Daphne Davorski, Ivor Trick'in bıyığını çekti aniden. "Üç kâğıtçı!"

Ve ikisi de sihirli değneklerini havaya kaldırıp, birbirlerine büyü yaptılar.

"Yarım akıllı!" diye bağırdı Ivor Trick.

"At kafalı!" diye bağırdı Daphne Davorski.

Değnekleri birbirine değdi, parıldadı ve alev aldı. Her yer duman oldu ve çığlıklar yükseldi. Ateşten bir perde iki büyücüyü de saklayarak yükseldi. Ve bu da gösterinin sonuydu.

2

Kedimsah

Ertesi gün, üç kardeş şeker dükkânından dönüyordu. Joe, Theo'yu sırtında taşıyordu.

"Az önce bir cadı gördüm," dedi Theo. Çalıdan çitin üstünden etrafa bakındı. "Verandasındaki çizgili şezlongta oturuyor."

"Şapşal..." dedi Joe. "Cadı diye bir şey yok!"

"Daphne Davorski cadıya benziyordu," dedi Laurie.

Joe bir an durdu. Theo'yu sırtından indirdi. "İlk defa haklısın. Gerçekten benziyordu. Sence o muydu? Gidip bakalım mı?"

Yol boyunca yürüdüler ve çitin üstünden bakındılar. Theo, çitin içinden bir şeyler görmeye çalıştı.

Kadın hâlâ verandada oturuyordu. Uykuya dalmıştı. Üzerinde siğil olan kocaman bir burnu vardı. Yine üzerinde siğil olan çenesi uzundu. Çalıya benzeyen siyah kaşları (ki onlarda da siğil vardı), en az çalıdan bir çit kadar kalındı. Dağınık siyah saçları da vardı.

Şezlongunun yanında sivri uçlu şapkası duruyordu.

"Cadı şapkası! Size söylemiştim!" diye ciyak ciyak bağırdı Theo.

"Pencereye bakın," dedi Laurie. "O DA NE?"

Saksıya dikilmiş iki sardunyanın ortasında dünyanın en sıradışı kedisi oturuyordu. Uçları beyaz kulakları ve uzun beyaz bıyıkları olan kedinin yüzü siyahtı. Ama yarısından sonra yeşil ve kısa bacakları olan bir şeye dönüşüyordu. Bir timsaha...

"Bir kedimsah!" diye haykırdı Theo. "VAY CANINAA! Müthiş! Her zaman bir kedimsah istemiştim!"

"Theo kapat çeneni!"

Cadı uyanmıştı. "Hey!" diye bağırdı. "Siz!"

"Hadi hemen kaçalım!"

Ve kaçıştılar.

* * *

Üç kardeşin bahçelerinde bir ağaç evleri vardı. Ona, Şans Evi diyorlardı. Bir keresinde kuzen Tommy, Şans Evi'nden yola düşmüş, ancak yoldan geçen bir yolcu onu yakalamıştı. "Bu gerçekten şans eseriydi!" demişti yolcu.

Ağaç eve Şans Evi demelerinin sebebi de buydu.

"Sizce de o cadı Daphne Davorski miydi?" diye sordu Joe.

"Oydu sanırım," diye yanıtladı Laurie. "O gerçek bir cadı değil, değil mi?"

"Clinky Monkey'i onu koklaması için götürebiliriz," dedi Theo. "Eğer gerçek bir cadıysa Clinky Monkey'nin anlayacağına dair bahse girerim."

Clinky Monkey de bu esnada çocukların ayaklarının dibine oturuyor, ona biraz şekerleme vermelerini bekliyordu. Hâlâ Timothy Potts-Smythe'in onun için yaptığı pırlanta tasmayı takıyordu. Joe ve Laurie, Theo'yu tasmayı satması için ikna etmeye çalışmışlardı, fakat Theo reddetmişti.

Pırlanta tasma, güneşte göz kamaştırarak parlıyordu. Theo, köpeğe şeker çubuğunu verdi. Clinky Monkey de şeker çubuğunu bir güzel çiğnedi.

"Clinky Monkey bile ölü bir gelinciği, yüz metre-den koklayıp anlayamaz," dedi Laurie.

"Cadıyı doğru düzgün görebilmek için ona daha fazla yaklaşmalıyız," dedi Joe. "Gidip bahçe ya da baş-ka bir şey için yardıma ihtiyacı olup olmadığını falan sorabiliriz. Tıpkı izci çocukların yaptığı gibi?"

"İzci çocukların hâlâ varolduğunu sanmıyorum," dedi Laurie.

"Ölmüşler mi?" diye sordu Theo. "Tıpkı dinozorlar gibi?"

"Sus Theo," dedi Joe ve Laurie.

"Peki tamam," dedi Theo. "Clinky de gelebilir mi?"

"Hayır," diye yanıtladı Joe. "Cadı ona büyü yapa-bilir."

"Ama onun cadı olmadığını söylemiştin?"

"Theo kapat çeneni..."

Üç kardeş, cadılı ve çalıdan çitli eve geri döndü-ler.

Bahçeye bakındılar ama cadı orada değildi. Verandadaki şezlong boştu. Cadının şapkası gitmişti. Kedimsah artık pencerede oturmuyordu.

"Sanırım bunların hepsini biz uydurduk," dedi Laurie.

"Çizgili şezlongta oturan bir cadı uyduracak kadar zeki değilim ben," dedi Theo.

"Evet, bu doğru," diye kabul etti Laurie.

Bir ses duydular. Birileri ya da bir şeyler hışırtıya benzer bir ses çıkarıyordu. Birileri ya da bir şeyler, çiçeklikte onlara doğru sürünüyor ya da kayarak ilerliyordu.

Theo bağırmaya başladı. "Cadı! Beni yakalayacak!"

"Saçmalama..." dedi Laurie.

"Orada bir şey var!" dedi Joe. "Onu görebiliyorum... Geliyor..."

Cadı aniden ortaya çıktı. Çitin öteki tarafında ve onlardan yalnızca birkaç santimetre uzaktaydı.

Theo çığlık attı.

"Bağırma!" diye bağırdı cadı. Theo'yu yakaladı. Uzun parmakları Theo'nun küçük bileklerini sardı. Theo'yu sertçe sarstı. "Bağırma!"

Cadı, Theo'yu kendine doğru çekti. Laurie ve Joe, Theo'yu sıkıca tuttular, ancak cadı o kadar güçlüydü ki, Theo'yu çitin üzerinden çekip aldı.

Theo
saniyesinde çalı ve
dalların arasında kayboldu.

"THEO!"

İki kardeş Theo'nun ardından, çitin içinden geçmeye çalıştılar, fakat fazla büyüktüler.

Çit boyunca geçebilecek bir kapı ya da giriş bulabilmek için koştular. Bir tane bile bulamadılar. Çit uzuyor da uzuyordu.

"Theo! Theo!"

Sonunda girişe varabildiler. Giriş neredeyse yapraklı kalın çitin içine gizlenmişti. Zorladılar da zorladılar, sonunda kapıyı açabildiler. Cadı'dan ya da Theo'dan hiç iz yoktu.

Verandaya koştular. Kimse yoktu. Evin ön kapısını denediler. Kapı kilitliydi.

"Arka tarafa bakalım!" dedi Joe. Yolu son sürat

koştu, güllerin ekili olduğu alandan sıçrayarak geçti ve arka bahçeye doğru devam etti. "Annem bizi asla affetmeyecek!" Yere devrilmiş bir el arabasının üzerinden atladı. "Babam küçük kardeşimizi kaybettiğimiz için bize çok kızacak. Theo cadılardan çok korkar."

"Theo her şeyden korkar!" diye ekledi Laurie, Joe' nun arkasından koşarken.

"Ah, zavallı minik Theo!"

"Zavallı minik Theo!"

Ve koştular. Evin diğer tarafında Theo'yu beraberinde götürürken cadının nasıl kaybolduğunu da tam vaktinde gördüler.

3

Yarı Cadı

Joe ve Laurie çimlerin üzerinde koşarken, kedimsah birden önlerinden geçti. "Miyav-şap!" diye bağırdı, yeşil kuyruğunu kırbaç gibi yere vururken.

"Çok acayip," dedi Joe.

Evin arka tarafında bir sera vardı. Cadı oradaydı, ve tabii Theo'da...

Çocuklar içeri daldılar.

"Theo'yu bırak!" diye bağırdı Joe. "Seni zorba!"

"Polisi arayacağım!" dedi Laurie.

Cadı onlara, onları yiyecekmiş gibi baktı. Gerçek bir cadıya o kadar benziyordu ki, ona şöyle bir bakmak bile korkutucuydu.

Tam o esnada komik bir şey oldu. Cadı sandalyeye düşercesine yığıldı. Sivri uçlu şapkası yere düştü. Ve gözyaşlarına boğuldu.

"Çok üzgünüm, çok!" dedi. "Küçük kardeşinizi korkutmak istememiştim."

"Korkutmadın ki," dedi Theo. "Sadece çığlık atmayı severim."

"Ben kendimden geçmiştim. Wee Willie'yi düşünüyordum..."

"O zaman *sen* Daphne Davorski'sin!" dedi Joe.

Cadı onaylarcasına kafasını salladı. "Wee Willie benim oğlum. Benim minik kuzum. Onu çok özlüyorum. Lütfen, açıklamama izin verin, lütfen!" dedi. "Otursanıza. Size biraz meyve suyu ve kek getireyim."

Burnundan nefes aldı ve dışarı çıktı.

"Sence burada olmak güvenli mi?" diye sordu Laurie.

"Hayır," dedi Joe, Theo'yu kucaklayarak. "Hadi kaçalım burdan."

"Tabii ki burada olmak güvenli," dedi Theo. "Onun alt kısmı tıpkı anneme benziyor."

"Sen neden bahsediyorsun, şapşal velet?" diye sordu Joe.

"Annem gibi kot pantolon giymiş, bir de sandaletleri var, bir de kırmızı ojeleri," diye yanıtladı Theo. "İşte bu yüzden de, bence gerçekten iyi kalpli biri olmalı."

Joe yüzünü buruşturdu. "Gerçekten çok salaksın Theo. Bazen bizim aileye nasıl geldiğini çok merak ediyorum."

"Davet edildim," dedi Theo. Kollarını kavuşturdu. "Annem beni davet etti..."

"Theo sus," dedi Laurie.

"Çitin içinden arka tarafa doğru sürüklenmiş gibi görünüyorsun," dedi Joe.

"Aslında ön tarafa..." dedi Laurie.

Cadı geri geldi.

"İşte." Masaya bir tabak garip görünümlü küçük çikolatalı pastalar koydu. "Size verebilceğim sadece bu kadar. Yarım bardak meyve suyu ve yarım pastacıklar."

Joe bardağı kaldırdı. Bardağın yarısı mavi bir kupaydı. Yarısı meyve suyu doluydu. Pastalardan birini aldı. Yarısı pastaydı, yarısı da başka bir şeydi.

"Yalnızca yarısı sümüklüböcek," dedi cadı. "Diğer yarısı normal yani."

Joe pastayı tabağa geri koydu. Yavaşça tabağı itti ve masadan uzaklaştı. "Sümüklüböcekleri severim," dedi. "Ama yiyecek kadar da değil. Teşekkür ederim."

"Çöreklerden dene." Theo'ya bir tane çörek verdi. Ve çörek Theo'nun elinden atlayıp sıçrayarak kapıdan çıkıp gitti. Çöreğin yarısı, üzerinde yarım bir vişne olan şeker kaplanmış kekti. Diğer yarısı ise kurbağaydı. "Vırak-puf! Vırak-puf!" diye vırakladı çiçekliğin içinden.

"Bu bir yarı-büyü," dedi cadı. "Ve bir şekilde yarısı tamamen hatalı."

"Bunu sana dün gece Ivor Trick mi yaptı?"

diye sordu Laurie. "Gösteriyi izlemiştik."

"İzlediniz mi?" Cadının gözleri parıldadı. "Onu siz de gördünüz mü? Kardeşimin ne yaptığını gördünüz mü? Benim minik bebeğimi kaybetti! Kendi öz yeğenini! Sonra da beni suçladı! Bana bu işe yaramaz büyüyü yaptı! Yarısı bundan, yarısı şundan! Ben de ona büyü yaptım..."

"Siz ona hangi büyüyü yapmıştınız?" diye sordu Theo.

"Onu ata çevirdim," dedi Daphne gülümseyerek. "Sadece sanırım o da işe yaramaz çünkü, büyü tam ortasındayken değneklerimiz çarpıştı, bu yüzden işe yarayıp yaramadığını bilmiyorum."

"Ah efendim," dedi Laurie. "Zor bir durum."

"Evet. Peki ya ben? Küçük kardeşinizin de fark ettiği gibi yalnızca yarım bir cadıyım. Alt kısmımsa normal. Mutfağımın da yarısı yarı düzenli!"

"Yarı düzenli mi, yarı dağınık mı demek istediniz?" diye sordu Laurie.

"Bakabilir miyiz?" dedi Joe.

Cadı onları mutfağa götürdü. Çaydanlığın yarısı kazandı. Soğan turşusu kavanozunda göz turşusu vardı. Çatal-bıçak çekmecesinde de yılanlar.

"Çok kötü değil mi?" dedi cadı. "Ve bir de ben." Cadı bacaklarına baktı. "Korkunç görünüyorum!" Ve tekrardan gözyaşlarına boğuldu.

4

Sihir Çemberi

Yalnızca yarısı cadı olan cadı, yalnızca yarısı masa olan masaya oturdu. Masanın yarısı içinde balıklar olan dev bir akvaryumdu. "Parmaklarınıza dikkat edin çocuklar," diye çocukları uyardı. "Piranalar!"

"Vay canına!" dedi Laurie. "Onlardan birini besle-
mek için alabilir miyim?"

"Hayır," dedi Joe.

"Dikkat edin, masa sallanıyor," dedi cadı. "Islan-
mayın diye dedim. Bunu tamir etmem lazım... Ah
yaratıcılığımın sonundayım," diye devam etti.

"Ya da yarı-tıcılığınızın?" diye ekledi Joe.

Neyse ki yarı-cadı güldü.

"Ivor Trick bu büyüyü ben kötü görüneyim diye
yaptı. Benim ondan daha iyi bir büyücü olduğumu
biliyor ve beni Sihir Çemberi'nden attırmaya çalışıyor,"
dedi. "Kıskancın tekidir."

"Sihir Çemberi de ne?"

"Çok soru soruyorsun Theo."

"Çok mu soru soruyorum?" dedi Theo.

"İşte yine yapıyorsun," dedi yarı cadı. Sihir Çem-
beri ülkedeki en iyi sihirbazların üye olduğu bir top-
luluktur. Bir çeşit kulüp gibi... Bir büyücü çalışabilmek
için Sihir Çemberi'nin bir üyesi olmak zorundadır.
Aslında bu pek umrumda değil, ben yalnızca Wee
Willie'yi geri istiyorum."

"Ve o hâlâ sizin Her Şeyi Kaybeden Kutu'nuzda,"
dedi Joe.

"Evet... Ve Ivor kutuyu aldı... Muhtemelen kutuyu
dükkânında bir yerlere saklamıştır. Dükkân da köyde,
biliyorsunuz... Benim oraya gitmem hiçbir işe yara-

maz... Ama eğer siz gizlice etrafa bakınma şansını elde ederseniz..."

"Dedektiflikte üstümüze yoktur," dedi Joe. "Bize güvenebilirsiniz."

"Teşekkür ederim."

Joe ve Laurie masayı temizlerken Theo, bahçeye çıktı. Sümüklü-pastanın patikada sürünüşünü izledi. Bunun bir karatavuk için güzel bir sürpriz olacağını düşündü. Yarısı düzgün, güzel, parlak siyah bir çubuk buldu. Sihirli değneğe benziyordu biraz. Siyah çubuğun diğer yarısı da muzdu. Theo da onu yedi.

Joe ve Laurie dışarı çıktılar.

"Sihirli bir değnek buldum!" dedi Theo.

"Çok salaksın," dedi Joe. "İnsanlar sihirli değneklerini öylece etrafta bırakmazlar."

"Bırakırlar..." dedi Theo. "Çünkü ben az önce bir tane buldum."

"Theo, sus!" dedi Joe ve Laurie.

Girişin yanında zıplayan çöreği izlemek için durdular.

"Zıplayan bir çörek nasıl da aptalca bir şey," dedi Joe.

"Evet, yarı pişmiş," dedi Laurie.

"Wee Willie'nin nereye gittiğini çok merak ediyorum," dedi Joe. "Onun gerçekten de bir toz parçası olduğunu düşünüyor musunuz? Evrenin bir parçası olduğunu?"

"Hah! Bence Ivor Trick onu ikiye bölmüştür, ya da dörde!"

"Eğer öyle yaptıysa, Wee Willie eski halinden daha minik olmuştur," dedi Joe. "Mini mini olmuştur."

5

Ivor Trick'in Sihir Dükkânı

Theo, sihirbaz gibi giyinmişti. Annesinin önlüğünü boynuna pelerin gibi bağlamıştı. Yeni yarı-değneği pürüzsüz ve çok siyahtı, fakat çok kısaydı. Bir şeylere değneğiyle büyü yaptığında çok da doğru gelmiyordu ona. Theo onun yerine pütürlü bir sopa buldu. Sihirli değnek gibi görünmüyordu ama, en azından daha uzundu. Yeni değneğini Clinky Monkey'nin üzerinde, onu kaybedebilmek için salladı. Clinky Monkey kaybolmak istemiyordu ve bunun yerine değneği yemeyi tercih etti.

"İşte şimdi asla Sihir Çemberi'ne dahil olamayacaksın," dedi Joe.

"Ben de istemiyorum zaten. Ben Sihir Karesi'ne gireceğim," dedi Theo.

"Ha ha!"

Hep beraber Clinky Monkey'nin sopayı lime lime etmesini izlediler.

"Köye gitmenin ve yeni bir sihirli değnek bulmanın vakti geldi," dedi Laurie.

"Kesinlikle harika bir fikir," dedi Joe.

Köye gittiklerinde ağaca zımbalanmış bir ilan gördüler.

İlanın oku dar, taş kaldırımlı bir ara sokağı gösteriyordu.

IVOR TRICK'İN MUHTEŞEM BÜYÜ ve SİHİR ✿✿DÜKKÂNI✿

Tüm sihirli şakaları burada bulabilirsiniz →

Sokaktan aşağı indiler. Sokağın sonunda, evler arasına sıkıştırılmış, ondan hiç hoşlanılmıyor görüntüsü içindeki, küçük ve karanlık bir dükkâna geldiler. Dükkânın camları oldukça tozluydu. Yalnızca bir kaç sivri uçlu şapka, yıldız ve ay desenli pelerinler ve sahte kömürlerin üzerinde kaynayan plastikten kazanlar görebildiler.

"Acayip..." dedi Joe. "Hadi içeri girelim."

Kapıyı açtıklarında bir zil şıngırdadı. İçerisi karanlıktı.

Tezgâhta küçültülmüş fareler ve sünger gözlerle dolu kavanozlar vardı. Bir de ortalarından çivilenmiş plastikten parmakların olduğu bir tepsi. Raflar, kirli kutular, sigara içen takma bıyıklar, kullanıldığında ellerinizi siyaha boyayacak sabunlar, yapıştırılabilen siğiller, kristal küreler (büyük ve ekstra büyük), yılan

derileri, zehirli oklar, iksir malzemeleri ve başka birçok ilginç şeyle doldurulmuştu.

Bir dizi takma burun tezgâhın üstünde sallandı.

Bir sıra maske de, rafların en üstüne sıralanmıştı. Her birinin komik bir şapkası ve sahte saçları vardı. Bazılarının siğilleri ve büzülmüş ağızları vardı ve boyunlarından metal bir çubuk geçiyordu. Clinky Monkey, Theo'nun arkasına saklandı ve maskelere hırladı.

Theo, duvara yapıştırılmış küçük bir çocuğu işaret etti. "Şuna bakın!"

Duvara yapıştırılan çocuk aslında tam olarak gerçek bir çocuk değildi. Yalnızca bir çocuğun kıyafetleri duvara zımbalanmıştı. Kazak ve gömlek, içinde külot olduğu belli bir pantolon, çoraplar ve ayakkabı. Tam bir takım. Yüzünün olması gerektiği yerde de, Wee Willie'nin bir fotoğrafı asılıydı.

Duvara asılı çocuğun üstünde de bir not vardı:

İçeriden uzun ve yavaş bir kişneme sesi geldi. Çocuklar geri çekildiler.

Gelen Ivor Trick'ti.

6

Ivor Trick

"Yaaklaşın! Yaaaklaşın!"

Ivor Trick, tezgâhın arkasında, sahnede olduğun-
dan daha uzun görünüyordu. Yüzü de daha uzun
gibiydi. Dudakları lastik gibi esnekti ve uzun sarı diş-
lerinin üzerinde dolaşıp duruyordu.

"Yaaklaşın. Öyleyse..." Bir parça şeker çıkarıp ağzı-
na attı ve yüksek sesle çiğnedi. "Evet?" Tıpkı bir atın
ahır kapısına yaslanması gibi, tezgâhın üzerine eğildi.
Burun delikleri bir şeyin kokusunu almış gibi titredi.
Sanki sert ve gevrek bir elmanın kokusu...

"Şuradaki çocuğu gördünüz mü?" Duvardaki kıya-
fetleri başıyla gösterdi. "Yeğeni mi? Benim sevgili Wee
Willie'mi?"

"Hayır."

"Emin misiniz? Gerçekten mi?" Titrek dudakları

buruştu. "Cevabınız bana yarım yüreklilikle verilmiş gibi geldi. Sanki bana yarım bir gerçekten bahsediyormuşsunuz gibi..."

"Yo, yo hayır gerçekten," dedi Joe.

"Değnek almaya geldik biz," dedi Theo. "Siz de var mı? Clinky Monkey benimkini yedi de."

"Kirpi Monkey değneğini mi yedi? Herhalde benim yarı uyanık olduğumu sanıyorsun? Senin bir kirpin yok!"

"Bu doğru," dedi Theo gülerek.

Sihirbaz önce birine, sonra diğerine ve sonra da diğerine baktı. "Tavrınınızı pek beğenmedim," dedi.

"Benim bir tavrım yok ve bir değnek istiyorum," dedi Theo.

"Evet, o kısmı anladım zaten," dedi Ivor Trick. "Ve evet, sana bir değnek vereceğim. Ve ucuz olanlardan olmalı diye tahmin ediyorum?"

"Evet," dedi Theo. "Clinky Monkey'nin yemeyeceği bir tane."

Ivor Trick'in yüzü değişti. "Hiçbir hayvan, değneklerimden birini yemez. Bundan eminim." Sihirbaz kahkaha attı. Bir at kişniyormuş gibi geliyordu kulağa. Üç çocuk sırıttılar, sonra da bunu gizlemeye çalıştılar.

"Nihihi!" dedi Joe.

"Dıgı dık, dıgı dık!" dedi Theo şuursuzca tezgâha yavaşça vururken.

"Vakit dört nala gidiyor!" dedi Laurie ayaklarını yere vurarak.

Ivor Trick, üç kardeşe akıllarını kaçırmışlar gibi baktı. Şüpheyle Clinky Monkey'i süzdü. "O köpek pırlanta bir tasma mı takıyor?" diye sordu.

"Evet," dedi Theo.

"Hayır," dedi Joe.

"Hayır," diye devam etti Laurie. "Tabii ki takmıyor."

Ivor Trick, Theo'ya küçümseyerek baktı. "Gerçek pırlanta olmadığını biliyordum," dedi. "Bristow'da hiçbir köpek pırlanta bir tasmayla gezemez."

"Clinky Monkey geziyor," dedi Theo. "İşte orda."

"Kes sesini Theo!" dedi Joe ve Laurie. Ivor Trick, tezgâhın kapağını kaldırdı ve dükkânın ana bölümüne geçti. "Köpeğiniz tehlikeli değil, değil mi?" diye sordu.

"Evet tehlikeli," dedi üç çocuk işe yaramasını umarak.

Clinky Monkey, kuyruğunu salladı ve dostça dişlerini göstere göstere sırıttı.

Ivor Trick dolaplardan birini açtı. İçinde kutu kutu değnek vardı ve etiketlenmiştiler.

Ucuz ve kötü plastikten
Ucuz plastikten
Kötü plastikten
Pahalı
Gerçekten işe yarayanlar

"Gerçekten işe yarayanlardan alabilir miyiz?" diye sordu Joe.

"Tabii ki hayır!" diye gürledi Ivor Trick. "Onlar yalnızca Sihir Çemberi'nin üyeleri için."

"Pşşt!" diyerek Joe'yu dürrtü Laurie. Dolaptaki siyah, karemsi bir şeyi işaret etti.

Siyah, karemsi şey, bir CD kutusu büyüklüğünde katlanmış kartona benziyordu. Üzerinde **Sihirli Her Şeyi Kaybeden Kutu** ve daha küçük harflerle de *Bu kutu Daphne Davorski'ye aittir* ve daha da küçük harflerle "katlanabilir paket" yazıyordu.

"Harika!" dedi Joe sessizce.

Ivor Her Şeyi Kaybeden Kutu'yu dolabın derinliklerine doğru itti. "Burunlarınızı geri çekin!"

Ucuz ve kötü plastikten bir değnek aldı ve Theo'ya verdi. "Senin şu Clinky Monkey'nin bunu yiyebilmesi için, zehirli plastik ve keskin metal yemeyi sevmesi lazım."

Theo üzgünce kafasını salladı. "Seviyor zaten," dedi. "Sanırım iki tane alsam daha iyi olacak."

"Tuhaf çocuk..."

Ivor Trick, Theo'ya iki değnek verdi ve dolabın kapaklarını kapattı. Tekrardan, tezgâhın arkasına geçti. Burun deliklerini çocuklara doğru götürdü.

"Para, lütfen!" Elini açıp çocuklara uzattı. Elinde bir parça şeker vardı. "Ooops!" Şeker parçasını hızla yedi. "Tabii bu trajik durumda nasıl olur da parayı düşünebilirim, hiçbir fikrim yok!" diye ekledi.

"O zaman nasıl soruyorsunuz?" diye sordu Laurie.

"Aman!"

"Saman atların yediği şeydir!" dedi Ivor.

Laurie ve Joe kıs kıs güldüler.

"Hayat devam etmeli," diye devam etti Ivor gözünden bir damla yaş düşerken. "Hatta, Wee Willie'm yanımda olmadığında bile."

Theo kıkırdadı.

Joe ve Laurie birbirlerine gizli bir mesaj bakışı attılar.

"Kendimi kötü hissediyorum," dedi Laurie. Ve aniden yere düştü. "Su! Suya ihtiyacım var!"

"Ah efendim kardeşim çok fena! Suya ihtiyacı var!"

Ivor Trick kendi kendie homurdandı. "Tanrı aşkına!" diye haykırdı. "Bu çocuk neden benim dükkânımda fenalaşmak zorunda? Neden?"

"Belki de buradan çok hoşlanıyordur," dedi Theo.

"Hayır! Çünkü bu çocuk tam bir karın ağrısı!" dedi Ivor. Gidip mutfaktan biraz su getireceğim. SAKIN BİR ŞEYE DOKUNMAYIN!"

Ivor Trick gider gitmez, Joe dolabın kapağını açıp, Her Şeyi Kaybeden Kutuyu kaptığı gibi pantolonuna sakladı.

Ivor Trick beş saniye sonra gelmişti. Laurie fırlayıp bardağı aldı. Hızlıca suyu götürdü. "Çok teşekkür ederim," dedi sırıtarak. "Atıştırabileceğim yulafınız ya da kepeğiniz de var mıydı?"

"Yulaf mı? Kepek mi? Çıldırdın mı sen?" diye bağırdı Ivor Trick. "Değneklerin parasını verin ve buradan gidin artık!"

Ve çocuklar parayı ödeyip dışarı çıktılar.

7

Sihirli Her Şeyi Kaybeden Kutu

Eve döner dönmez Joe, Laurie ve Theo doğruca Şansı Evi'ne çıktılar. Theo değneklerden birini Clinky Monkey'e fırlattı. Clinky Monkey'de değneğini yirmi altı saniyede yedi. Zaman tutmuşlardı.

"Ivor Trick'e Clinky Monkey'nin onu da yiyeceğini söylemiştim..." dedi Theo ve kafasını salladı.

"Ivor Trick bir dolandırıcı ve üçkâğıtçı ve bir de yarım at," dedi Joe.

Laurie kıkırdadı ve dıgıdık dıgıdık sesler çıkardı. "Bize kutuyu göster Joe."

Joe, Her Şeyi Kaybeden Kutu'yu çıkardı. Biraz evirip çevirdi. "Wee Willie bunun içinde olamaz, değil mi? Nasıl işe yaradığını merak ediyorum."

"Şurada 'Buradan Çekin' yazıyor," dedi Laurie. Ve, Buradan Çekin'i çekti.

Kutu sessizce patladı.

Açıldı da açıldı da açıldı. Yan taraflar ıslık gibi bir ses çıkardı. Kenarlar vızz diye birleşti. Uç kısımlar açıldı ve kapandı ve birleşti. O kadar hızlı bir şekilde büyüdü ki, çocuklar kapıdan kaçmak zorunda kaldı.

"Dikkat et!" diye bağırdı Joe.

Her Şeyi Kaybeden Kutu, birden Şans Evi'nden yuvarlandı. Ağaçtan düştü. Havada takla attı ve Clinky Monkey'nin tam üstüne kapaklandı.

"Hav!"

"Oh yoo!"

Çocuklar mümkün olduğunca hızlı bir şekilde aşağı indiler, fakat köpekleri gitmişti! Kaybolmuştu!

Uzaklardan gelen en ufak bir havlama sesi bile yoktu.

"Clinky Monkey! Clinky Monkey!" diye bağırdı Theo. "Geri gel!" Ucuz ve kötü plastikten değneğiyle kutuya vurdu. "Geri gel!"

"Kutuya girmek zorundayız!" dedi Laurie.

"Ama asla geri dönemeyebiliriz," dedi Joe. "Tıpkı Wee Willie gibi orada sıkışabiliriz."

"Ama Clinky Monkey'le beraber oluruz," dedi Theo.

Kutunun küçük kapısını açtılar. Geçecekleri yol kadifeyle kapatılmıştı. Kadife engeli itip içeri girdiler.

Her Şeyi Kaybeden Kutu, tıpkı Doktor Who'nun Tardis'ine benziyordu. İçerisi dışarıdan göründüğünden daha büyüktü.

"Ürkütücü..." dedi Joe. Theo'nun elini tuttu.

"Harikaa!" dedi Laurie. Theo'nun diğer elini tuttu. "Kilise salonu gibi."

Gerçekten de bir kilise salonu gibiydi. Hatta, tıpkı bazı kilise salonlarındaki gibi patates püresi ve terli spor ayakkabıların kokusu vardı. Yerler çok tozluydu. Duvarlar süresi çoktan geçmiş pazarlar ve sihir göste-

rilerinin reklamlarının olduğu solmuş posterlerle süslenmişti. Bozuk tuşları olan bir kuyruklu piyano vardı. Atılmış kıyafetler yerlerde geziyordu. Sararmış bir gazete, çocuklar yanından geçerken kıpırdayıp durdu.

Sıkıcı ve tozlu salondan çıkıp, kapı ardına kapı açıp, salon ardına salondan geçip yürüdüler de yürüdüler.

"Clinky Monkey! Clinky Monkey!" diye bağırdılar.

Karşı yöne zıplayan iki zavallı tavşanın yanından geçtiler. Dört beyaz kumru, üç kardeşin kafasının üzerinden minik uçurtmalar gibi narince süzüldü. Etraf boş ve üzgün görünüyordu.

Theo ucunda gümüş bir bant olan siyah yarım bir değnek buldu.

"Bakın! Hey bakın! Değneğimin diğer yarısı bu!" Theo, yarım değneği, Daphne Davorski'nin bahçesinde bulduğu bir diğer yarım değneğe yapıştırdı. "Bahse girerim, artık işe yarayacak. Adamakıllı tamir edinceye kadar, gerçek bir sihirli değnek gibi işe yarayacağına da bahse girerim."

"Aptal olma Theo," dedi Joe.

Yürümeye devam ettiler.

Atılmış silindir bir şapka ve siyah ipek eldivenler bir köşede örümcek ağlarının altında yatıyordu. Laurie bir diğer köşede bir paket kart buldu. Kartları aldı. Her biri, birbirine yapıştırılmıştı ve uzun bir sicim, bir atkı gibi görünüyordu.

"Ne kadar da hüzünlü bir yer," dedi Joe. "Hatalar için yapılmış gibi. Eksik yapılmış numaralar ve gösteriler için gibi. Wee Willie burada sıkışıp kaldığı için gerçekten çok üzülüyorum."

Birden bir havlama sesi duydular.

"Bu Clinky!" Çocuklar ona doğru koşuştular.

8

Wee Willie

Clinky Monkey, uçsuz bucaksız son salonun en sonunda duruyordu. Yıldızlı küçük bir sivri uçlu sapka takıyordu. Kuyruğunu sallayıp, havladı.

Yanında, gölgelerde çömelmiş, küçük çıplak bir çocuk vardı. Titriyordu ve ağlamaktan kirli suratında çizgiler oluşmuştu.

"Sonunda!" diye haykırdı. "Kurtuldum!" Beline kır-mızı ipek bir kumaş sararak ayağa kalktı.

"Wee Willie?" diye sordu Joe.

"Bunu buradan göremezsin," dedi Laurie.

Üç kardeş aralarında kıkırdadılar.

Çıplak çocuk gülmedi ama. "Evet, Wee Willie benim. Çok çok uzun zamandan beri birilerinin gelip beni bulmasını diliyordum. Ivor Amca neden gelip beni almadı? Üşüdüm, acıktım ve kesinlikle ama kesinlikle bıktım ve berbat haldeyim... Bu siyah-beyaz köpek sizin mi?"

"Evet," dedi Theo. Clinky Monkey'nin tasmasını sıkıca tuttu. "Onu alamazsın, o benim."

"Ah, onu başıboş bir köpek sanmıştım." Wee Willie üzgün görünüyordu şimdi. "Bir sihir gösterisinde kafasında o şapkayla ve pırlantalarıyla ve her şeyiyle harika bir köpek olabilirdi."

"Onlar gerçek pırlanta değil," dedi Joe. "Yani..."

"Elbette," dedi Wee Willie. "Eğer onu vermek isterseniz..."

"Hayır," dedi Theo.

"Daphne Davorski benim annemdir ve oldukça iyi bir sihirbazdır. Ve amcam Ivor Trick..." dedi Wee Willie. "Çok zengindir. Size çok ama çok para ödeyebilir. Çok iyi büyü yapar bir de."

"Eğer amcan, muhteşem sihirbaz Ivor Trick o kadar iyiyse..." dedi Joe, "... neden buraya gelip seni çıkartmadı?"

"Bilmiyorum," dedi Wee Willie.

"Tamam, o zaman kimse yapmadığına göre seni biz kurtarıyoruz."

"Nasıl?" diye sordu Wee Willie. Kasvetli odaya bakınmaya başladı.

"Geldiğimiz yerden geri döneceğiz," dedi Joe. "Bu kadar basit."

Dönüp girişe doğru yürüdüler. Tozlu salondan bir diğerine geçtiler. Silindir şapkayı ve eldivenleri ve tavşanları ve kuyruklu piyanoyu geçtiler. Ama giriş ya da artık çıkış kaybolmuştu.

Durdular, dönüp gerip gittiler. Kuru tahtaların üzerinde usulca ve sessizce yürüdüler. Hava tozlu ve ağırdı.

"Bu yerden hoşlanmıyorum," dedi Theo. "Eve gitmek istiyorum."

"Yakında... Yakında..." dedi Joe. "Hmmm..." diye devam etti, etrafa dalgın dalgın baktıktan sonra. "... burada sıkışıp kaldık sanırım."

"Kaybolduk," dedi Laurie.

"Evrenin bir parçası olduk," dedi Wee Willie.

"Yok olduk," dedi Joe. "Görünmez olduk."

"Ben seni hâlâ görüyorum," dedi Theo. "Ben beni de hâlâ görüyorum."

"Ama dünyanın geri kalanı için kaybolduk," dedi Joe.

Wee Willie, hıçkırmaya başladı. "Buradan nefret ediyorum! Bu yerden çıkmak istiyorum! Nefret ediyorum! Hepimiz öleceğiz! Burada ölüme mahkûm edildik!"

"Şşş... Şşş..." dedi Lauire. "Kardeşim her an harika bir fikir bulabilir... Şimdi!"

"Benim bir fikrim var," dedi Joe. "Bu kutu kartondan yapılmış, yani yolumuzu açmak için duvarları kesebiliriz." Duvarı itmeye çalıştı. "Ah! Bu çok acıdı. Sanki kaya gibi!"

"Birazcık, çok çok, az buçuk korkmaya başladım," dedi Theo. Üst dudağı titriyordu.

"Hey! İşte şimdi gerçek bir fikrim var!" dedi Joe. "Eskiden söylediğimiz o tekerlemeyi hatırlıyor musunuz? Hani at ve testereyle ilgili olan? Hadi biliyorsunuz! Hatırlamanız lazım!"

Kafalarını salladılar.

"Acıyana kadar ellerimizi ovuştururuz," diye başladı Joe. "Duvarda bir delik açmak için testereyi kullanırız. Sesimiz *kısılana* kadar bağırırız. *Ata* atlarız ve dört nala uzaklaşırız!"

Diğer çocuklar ağızları açık Joe'ya baktılar. Laurie bağırdı, "İşte! Harika!" Hararetle ellerini ovuşturmaya başladı.

Joe ve Theo ve Wee Willie de aynısını yaptılar.

Ortaya testere falan çıkmadı.

"Peki, ben bağırmayı deneyeceğim," dedi Joe.

Sesi kısılana kadar bağırdı da bağırdı. Tıkır tıkır yaklaşan ayak seslerini duyunca durdu.

"İşe yaradı! İşte bir at geliyor!"

Fakat gelen at değildi. Etrafta boş boş gezen iki üzgün tavşandı yalnızca.

"Şey, evet, ama iyi bir fikirdi," dedi Joe. "Sizin düşünebileceğinizden çok daha iyiydi."

"Belki de..." Laurie yerden bir parça kâğıt aldı. Kabaca yırtılmıştı ve keskin kenarları vardı. "Bu nedir?"

"Bir parça kâğıt, seni kuş beyinli," dedi Joe.

Theo başka bir kâğıt parçası aldı. Bu da alt tarafından yırtılmıştı.

"Hmm, bu bilmece yarımlarla alakalı," dedi Laurie. "Yarım cadı, yarım çörek, yarım..."

"Akıl," dedi Joe.

"Yarım değnek," dedi Theo. "Bende bir tane..."

"Kapat çeneni Theo!"

"İki yarım bir tam eder," dedi Laurie. Elindeki kağıt parçasını, Theo'nun elindekiyle karşılaştırdı. İkisi de birbirine mükemmel şekilde uyuyordu.

"Bir tam!"

"Ve biz de bir delikten geçerek çıkabiliriz," dedi Joe. İki parçayı da düzgünce duvara bastırdı. "Peki şimdi?"

"Sihire ihtiyacın var," dedi Wee Willie.

"Ben sihirli değneğimi kullanırım," dedi Theo. "O da iki parça."

"Kes sesini Theo. Bu çok aptalca bir fikir!"

Theo umursamadı. Sihirli değneğinin iki parçasını da tuttu.

"Sihirli sözcüğü söyle!" dedi Wee Willie.

"Lütfen!" dedi Theo.

"Hayır, öbürünü," dedi Joe.

"Abrakadabra!"

Theo değneğini hafifçe kâğıda vurdu.

O an kâğıt, duvarda boş bir delik bırakarak alev aldı. Günışığı içeri girdi. Çocuklar bahçelerini ve ağaç evlerini görebiliyordu artık.

"Yihaaa! Özgürüz!"

9

Ivor Trick'i Kandırmak

Çocuklar duvarı yırttılar ve deliği genişletip temiz havaya çıktılar.

Dört kumru da onların ardından dışarı çıktı ve Şans Evi'ne tünediler. Mutlu bir şekilde ötüştüler.

"Size bunun sihirli bir değnek olduğunu söylemiştim," dedi Theo.

"Temiz hava!" diye haykırdı Wee Willie. "Günışığı!" Etrafta kuzu gibi zıplayıp hopladı. O esnada ağaç evi gördü. "Yukarı çıkabilir miyim? Çıkabilir miyim? Daha önce hiç ağaç eve çıkmadım!"

Şans Evi'ne çıktı ve oturduğu yerden bacaklarını sallayarak laleler ve mavi kuşlarla ilgili bir şarkı söylemeye başladı.

Birden, bir ses duydular.

"Hırsızlar! HIRSIZLAR!"

HIRSIZLAR!
HIRSIZLAR!

Gelen Ivor Trick'ti.

"Daphne Davorski'nin Her Şeyi Kaybeden Kutu'su-nu çaldınız! Hırsızlar! Dolandırıcılar!"

Joe, Laurie ve Theo, Her Şeyi Kaybeden Kutu'nun yanında, yukarıda yaprakların arasında saklanmaya çalışan Wee Willie'ye bakmamaya çalışarak duruyor-du.

"Kutunuz burada," dedi Joe, kutuyu göstererek.

"Bunu görebiliyorum! Bu kutuyu *çaldınız*! Sizi polise ihbar edeceğim!"

"Ah, evet bu iyi bir fikir," dedi Joe. "Ama bunu yapmadan önce size söylememiz gereken bir şey var. Birinin kutunun içinden bağırdığını duyduk. Birilerini çağırdığını."

"Gerçekten mi?" Ivor Trick endişeli görünüyordu şimdi.

"Evet, küçük bir çocuğun sesiydi, değil mi Joe?" dedi Laurie.

"Evet," dedi Joe. "Çocuk altın bulduğunu söylüyordu... altın bir kutu... ya da altın para..." Kafası karışmış gibi görünmeye çalıştı.

"Ben de altın paralarla dolu *büyük* bir kutudan bahsettiğini sanmıştım," dedi Laurie.

"Ama kesin bir şey söylemek zor..." diye ekledi Joe.

"Sesi müthiş heyecanlı geliyordu," dedi Theo.

"Biz de heyecanlandık," dedi Joe.

"Tam da kutuya girmek üzereydik ki..." dedi Laurie.

"Hop hop hop! Yavaş olun," dedi Ivor Trick. Çocukların kutuya daha fazla yaklaşmasını engellemek için kolunu uzattı. "Aceleci olmayın çocuklar. Kendinize hâkim olun. Hah! Ben girerim."

"Korkarım giremezsiniz," dedi Joe. "Çok büyüksünüz."

"Ben öyle düşünmüyorum," dedi Ivor Trick.

"Sığmayacağınızdan eminim," dedi Laurie. "Bence biz denemeliyiz."

"Bunun benim görevim olduğunu düşünüyorum," dedi Ivor Trick. "Buradaki tek yetişkin benim. Altın dediniz değil mi? Bir sürü? Siz çocukların hayatlarını tehlikeye atmalarına izin veremem. Ailelerinizi düşünün. Şimdi, eğer biraz..."

Ivor Trick, dizlerinin üzerine çöktü. Omuzunu kıvırıp içeri soktu. Çenesini göğsüne bastırdı. Kendisini zorla küçük kapıdan soktu ve gözden kayboldu.

"Aşağı gelmenize izin veremem," dedi omuzunun üzerinden.

"Ama biz SİZE izin veririz!" diye bağırdı Joe. "Hadi Theo!"

Theo, sihirli değneğiyle kutuya vurdu. "Abrakadabra!"

Kutu saniyesinde küçülmeye başladı. Katlandı ve katlandı ve katlandı. Kenarlar kapandı ve kapandı. Yan duvarlar hışırdadı derin bir nefes alır gibi ses çıkardı. Duvarlar katlandı ve kıvrıldı ve büzüldü. Tavan çöktü ve içine geçti, önce aşağı sonra da derinlere. Uç kısımlar ters döndü ve kutunun tepesi kapandı.

On saniyede, Sihirli Her Şeyi Kaybeden Kutu'dan geriye, CD kutusu gibi, siyah düz bir kare kaldı.

"Hey Theo," dedi Joe. "İşte bu iyiydi."

"Evet, gerçekten iyiydi," dedi Theo.

"Uygun bir ceza oldu," dedi Joe ve Laurie

"Zavallı tavşanlar," dedi Joe kafasını sallayarak. "Keşke onları da kurtarmış olsaydık."

"Eminim iyi olacaklardır," dedi Lauire. "Tavşanlar sıkıştırılmaya alışkındır."

"Her şey yolunda," dedi Theo. Kazağını kaldırdı. "Onları kurtardım." Tavşanları çimene bıraktı. Tavşanlar kafalarını kaldırdı. Burunlarını oynattılar. Çimenlikte hopladılar ve çimleri kemirmeye başladılar.

"Annem onları çok sevecek," dedi Theo. "Her zaman tavşanları olsun istemişti."

Joe katlı katlı düz kutuyu aldı ve cebine koydu.

"Artık aşağıya inebilirsin Wee Willie!" diye bağırdı.

"Bu süperdi!" dedi Wee Willie. "Ivor Amca orada sıkışmayı haketti. Şimdi görelim bakalım evrende bir nokta olmak hoşuna gidiyor mu..."

"Hadi gidip Daphne Davorski'ye güzel haberi verelim," dedi Joe.

"Ama önce kıyafete ihtiyacım olacak," dedi Wee Willie üzerindeki kırmızı kumaşı tutarak. "Lütfen..."

10

Daphne Davorski

Theo sihirli değneğini yapışkan bantla tamir etti. Değneğini havada salladığında, ucundan minik yıldızların çıkıp uçuştuklarını gördüğünden emindi. Ama bunu kardeşlerine söylemedi.

"Bu değneği de yeme!" diye Clinky Monkey'i uyardı. "Bu gerçekten işe yarıyor!"

Sihirli değneğini pantolonunun cebine koyup eliyle de onu güvene aldı. Böylesine harika bir değneği saklamazsa, birilerinin onu almaya çalışacağını biliyordu.

* * *

"Anne! Anne! Ben geldim!" Wee Willie, Daphne Davorski'nin kollarına atıldı.

"Willie!" Daphne Davorski oğlunu kucakladı ve

onu öpücüklere boğdu. "İyisin! Benim sevgili, minik oğlum!"

Joe, Laurie'nin kulağına fısıldadı. "Wee Willie'nin annesini o korkunç suratla ve siğillerle bile tanıyabilmesine çok şaşırdım aslında, ama en çok da onu öpmesine şaşırdım açıkçası! Iyyk!"

"İğrenç," dedi Laurie.

"Çok mutluyum! Teşekkür ederim çocuklar!" dedi Daphne Davorski. "Harika bir iş çıkardınız!" Masaya vurdu. Masa sallandı ve etrafa su saçıldı. Piranalar dişlerini takırdattı.

"Oops! Bunu tamir etmeliyim," dedi yarı cadı. "Ama değneğim olmadan yalnızca eksik bir kadınım."

"Yarım bir kadın," dedi Joe.

"İki parçaya ayrılmış bir kadın mı?" dedi Laurie.

"Ivor Trick'in değneğimi sattığından şüpheleniyorum," dedi Daphne Davorski. "Siyah, gümüş bantlı ve sivri uçlu bir değnekti. Ivor onu ikiye böldü... Değneğimi gördüğünüzü pek sanmıyorum, görmediniz değil mi?"

Joe, Laurie ve Wee Willie, Theo'ya dik dik baktılar.

Theo kafasını çevirdi. Dudağını ısırdı. Gözlerini kırptı hızlıca. Tavana bakmaya başladı. Yarı çörekle yarı kurbağanın oturduğu yere, ayaklarına baktı. Cebindeki sihirli değneği sıkıp "Abrakadabra!" dedi.

Kurbağa-çörek, sessiz bir havaifişek gibi minik yıldızlar saçarak patladı. Duman kaybolduğunda Theo' nun spor ayakkabılarının ucunda bir şekerli çörek duruyordu.

"Onu bulmuşsun!" diye çığlık attı Daphne Davorski. "Değneğimi bulmuşsun! Harika! Artık her şeyi düzeltebilirim!"

Theo değneği Daphne Davorski'ye verdi. "Peki hâlâ Sihir Çemberi'ne katılabilir miyim?" diye sordu.

"Bunun için çok gençsin. Ama Yarım Sihir Çemberi'ne katılabilirsin. Küçük insanlar için olan."

"Hayır, teşekkür ederim," dedi Theo. "Sütlaç sevdiğimi sanmıyorum."

"İrmikten bahsediyorsun. İkisi aynı şey değil ki," dedi Joe.

Theo'nun yüzü değişti. "Sana inanmıyorum."

Yarı cadı, sihirli değneğini salladı. Her şey çatırdayıp parladı ve eski hallerine dönerken parlak bir ışık saçtı. Havada yanan ve cızırdayan sesler vardı. Tıpkı patlayıcı ustası Guy Fawkes'ın bir gösterisi gibiydi. Yalnızca biraz daha sessiz.

"Oh," dedi Theo. "Bunu hep yapmak istemiştim."

Daphne Davorski, kendisini de eski haline getirdi. Artık yarım bir cadı değildi. Kot pantolonu, kırmızı ojeleri ve sandaletleri gitmişti. Şimdi, uzun siyah bir etek ve sivri uçlu siyah botlar giyiyordu.

Artık, tam bir cadıydı.

"Korkmayın," dedi Daphne Davorski. "İnsanlar

benim sahne-
ye çıktığımda
bu kıyafeti giy-
diğimi düşünü-
yor, ama gerçekte
ben buyum. Böyleyim
yani. Çörek ister misi-
niz?"

Artık çörekler zıplamıyor-
du. Pastalar kayıp gitmiyordu.
Mutfak masasında da pirana
yoktu.

"Artık her şey bitti,"
dedi tam cadı. "Ivor Trick
dışında... Onunla ilgili ne
yapmalıyım?"

"Ah, söylemeyi unuttum," dedi Joe. "Ivor Trick,
sizin Her Şeyi Kaybeden Kutu'nuzda sıkıştı. İşte,
burada."

"Yihaa!" diye çığlık attı Daphne Davorski. "Bu
harika! Aferin çocuklar! Ama..." Durdu. "...şimdi ne
yapmalıyım?"

Kısa bir sessizlik oldu.

Daphne, Wee Willie'ye baktı.

Joe, Lauri'ye...

Theo, Clinky Monkey'e...

Clinky Monkey de Daphne Davorski'nin leziz sihirli değneğine.

"Ben biliyorum," dedi Joe. Kutuyu aldı ve sallanan masanın bacağının altına yerleştirdi. "Ivor Trick bile bir işe yarayabilir, değil mi?"

Daphne Davorski, çocuklara daha fazla kek ve içecek verdi. Sonra herkes hoşça kal ve teşekkür ederim dedi birbirine. Çocuklar evlerine gitmek üzere yola çıktılar.

Bahçe girişinden çıkmışlardı ki Theo, kedimsahın sesini duydu.

"Miyav-şap, miyav-şap!"

Theo, kediyi kucağına aldı. Artık o kertenkelemsi yeşil kuyruğu yoktu, ama hâlâ oldukça garip görünüyordu. Uzun, sivri ve siyah tüylerle kaplı bir burnu vardı. Uzun beyaz bıyıkları bir de. Timsahımsı bir sırıtışı ve kurnaz, timsahımsı gözleri vardı. Theo'nun kollarına atladı ve mırlamaya başladı.

"Bu annemin çok hoşuna gidecek," dedi.

"Böyle düşünmene sebep olan nedir?" diye sordu Laurie.

"Çünkü ben ondan çok hoşlanıyorum ve Clinky Monkey de ondan çok hoşlanıyor."

"Gerçekten sihirli bir değneğin olsaydı kendine bir sürü kedi ve timsah yapardın, eminim," dedi Joe.

"Ama benim değneğim yok ki," dedi Theo.

"Eğer Clinky Monkey'nin tasmasını satarsan..." dedi Joe, "... yirmi tane gerçekten işe yarayan değneğin olabilir."

"Olmaz," dedi Theo.

"Ama?"

"Clinky Monkey, Bristow' daki tek pırlanta tasmalı köpek," dedi Theo. "Böyle olmasını ben istiyorum."

Ve öyle de oldu.